|| *Shree Dharmeshwaray Namah* ||

Amour Maudit

(Fiction)

Amour Maudit

by

Dr. Shailendra Tripathi

Imprint: Independently published with KDP Amazon

© Dr. Shailendra Tripathi, Kanpur, India
Email: Shailendra.amu@gmail.com

Amour Maudit
(Fiction)
By: Dr. Shailendra Tripathi, India

Dévouement

Mes parents respectés et bien –aimés

Mrs. Shyama Tripathi

Mr. Swatantra Kumar Tripathi

Tribute

Gurudev Rabindranath Tagore
(1861- 1941)

Préface

C'est un immense plaisir pour moi de présenter le livre de fiction «Amour maudit» devant des lecteurs.

L'amour est un sujet qui a le pouvoir de lier tout le monde. Des milliers de poètes et d'écrivains du monde ont défini l'amour à leur manière. Nous avons tous lu la description des personnages d'un amant-amant ou d'un héros-héroïne, mais l'amour est une question d'expérience et chaque amour n'atteint pas son point culminant. L'amour est l'art de toucher l'intérieur, une sensation douce, une sensation agréable, un puzzle inintelligible. Un pouvoir d'attraction invisible, un désir de tout sacrifier, l'amour entre deux personnes, si l'amour vient du monde, l'émotion est là, la dévotion vient du Seigneur. De même, un article très intéressant et impressionnant d'une des plus anciennes histoires d'amour du monde est présenté aux lecteurs.

J'espère non seulement mais je crois aussi que ce roman réussira à donner aux lecteurs une vue incroyable, au-delà de la réflexion et de l'imagination. Ce roman est inspiré des histoires des livres mythologiques. L'auteur a utilisé sa propre imagination pour rendre l'intrigue, les personnages et les dialogues intéressants. Ce roman ne présente aucune preuve de la vérité d'une histoire, d'un événement, d'un personnage ou d'un dialogue. Le but de l'écriture de ce roman est de donner un aperçu de l'ancien système éducatif indien, des écoles et des sciences. Le but de l'auteur ou de ce roman n'est de blesser les sentiments d'aucune religion, communauté, classe ou personne en aucune circonstance.

(02 April, 2020 AD)

Dr. Shailendra Tripathi

Personnages Principaux

Vishnu	L'un des Dieu de la Trinité, Narayan
Shiv	L'un des Dieu de la Trinité, Destructeur, Shankar, Bholenath, Tripurari, Kailashapati
Shukracharya	Le fils du sage Bhrigu, maître des monstres, Bhargav,
Brihaspati	Fils d'Angi sage, maître de Dieu
Indr	Roi des dieux, Devaraj
Bhrigu sage	Grand sage, père de Shukracharya,
Angi sage	Ancien grand sage, père de Brihaspati,
Devyani	La fille de Shukracharya, la petite amie de Kach,
Kach	Fils de Dieu maître Brihaspati, disciple de Shukracharya
Yayaati	Fils du roi Nahusha, roi de Pratishthanpur
Vrishaparva	Roi des démons
Sharmishtha	L'épouse de Yayaati, fille de Vrishaparva

Indice

Chapitre 1

Great Mantra

Le sage Bhrigu était assis dans l'adoration de Dieu après avoir terminé son travail de routine. Lorsqu'il est devenu libre, sa femme (Divya) lui a offert des fruits. Après avoir pris des collations, le sage s'est préparé pour l'école. Puis sa femme a dit - si vous le permettez, je veux demander quelque chose. Certainement - dit le sage Bhrigu.

Divya - Vous enseignez de nombreux disciples à l'école, mais maintenant notre fils Ushani a également pu apprendre.

Bhrigu sage- (riant) cher, tu t'inquiètes en vain. Ushani est encore un enfant. Il est mon fils (Bhrigu), donc son nom devrait être "Bhargav".

Je parlerai au sage Angi pour son éducation. Notre fils ne peut pas étudier dans votre école - demanda Divya avec étonnement.

Bhrigu sage - On peut sûrement étudier, mais la discipline ne se développe chez l'enfant que lorsqu'il reste éloigné de son environnement familial. Angi sage est l'un des meilleurs maîtres de cette planète. Je vais demander à Angi sage d'enseigner Bhargav bientôt.

À la demande du sage Bhrigu, Angi sage a accepté Bhargav comme disciple et a commencé à lui enseigner, avec son fils Brahaspati. Angi sage a enseigné à Bhargav et Brahaspati la religion, la politique et les armes. Brahaspati avait un intérêt particulier pour la politique. En raison de la nature humaine et de la compétition, Bhargav a commencé à considérer Brahaspati comme son rival. (Pensée Bhargav) Brahaspati est le fils d'Angi sage, et a aussi plus d'affection que moi. Certes, l'injustice se fait avec moi. Je devrais me mettre à l'abri d'un autre maître.

Bhargav- (à Angi sage) Maître, je veux vous demander quelque chose. Dis chéri - dit Angi sage.

Bhargav - Vous m'avez donné une très bonne éducation, mais maintenant je veux y aller. Angi sage a dit - Mais cher, Votre éducation n'est pas encore terminée.

Bhargav- Maître, je vous demande de me donner la permission pour la même chose.

Angi sage- Ok Bhrigu fils, je comprends ton ambition. Dieu te bénisse. Ne jamais abuser de mon éducation. Bhargav a dit - Certainement maître, acceptez mes salutations. Mes bénédictions sont toujours avec vous - a dit Angi sage.

Bhargav fit ses adieux au capitaine et partit. Son désir de devenir supérieur à Brahaspati le contraint à quitter l'ermitage du maître. Il est allé à la recherche d'un tel maître qui pourrait lui donner des connaissances et des enseignements extraordinaires. Sa recherche s'est terminée dans l'ermitage de Gautam sage. Gautam sage a été compté parmi les meilleurs et les meilleurs sages de cette époque. Il avait atteint de nombreux pouvoirs super naturels à travers des centaines d'années de pénitence. Dieu ou le démon n'a pas tenté de commettre son crime.

Serviteur - Maître, un jeune homme se tient à l'extérieur de l'ermitage et dit son nom Bhargav, le fils du sage Bhrigu. Il demande la permission d'entrer.

Gautam sage - Hé, le fils de Bhrigu Bhargav, mais il apprenait de la sauge Angi (Gautam sage a dit avec surprise)

Serviteur - Quelle commande est là pour moi?

Gautam sage - Amenez-le à l'intérieur.

Serviteur - comme vous le commandez.

Bhargav salua aux pieds du sage. Le sage a dit - Puissiez-vous vivre longtemps. Tout le monde va bien?

Bhargav- Seigneur, tout va bien avec vos bénédictions. Je suis venu vers vous avec une demande. Dis chère, dit Gautam sage.

Bhargav - Sage, acceptez-moi comme votre disciple. Je te suivrai comme un serviteur. J'ai reçu mon éducation primaire du sage d'Angi. Maintenant, si vous m'acceptez comme disciple, ma vie vous en sera reconnaissante.

Gautam sage- Cher, je ne comprends pas votre cœur. Angi sage est un grand ascète de cette terre. Que puis-je vous donner de plus que ça? (Après réflexion) Mais comme vous êtes venu vers moi, je ne vous décevrai pas. Le sage a appelé le serviteur et lui a dit de prendre des dispositions pour Bhargav. Le serviteur a dit - je m'arrange maintenant.

Bhargav a commencé l'éducation avec d'autres disciples de l'école. Il a rempli toutes les commandes du maître. Mais l'esprit de Bhargav n'était pas calme. Il avait besoin d'une éducation spéciale. Le sage Gautam a appelé Bhargav et a dit-

Je vois que ton esprit n'est pas stable. Puis-je en connaître la raison? Bhargav- Maître, je vous demande de m'enseigner la pratique pour atteindre des pouvoirs super naturels.

Gautam sage- (par surprise) Bhrigu fils, L'éducation aux pouvoirs surnaturels ne peut pas être donnée à tout le monde et n'est pas facilement accessible à tous.

L'abus de pouvoirs surnaturels est fatal à la société. La première phase de votre formation vient de s'achever. J'enseigne le pouvoir super naturel aux disciples qualifiés seulement après les avoir testés à fond.

Alors, ne suis-je pas digne, maître? (Bhargav a demandé)

Gautam sage - Fils, je n'ai pas dit ça. La compétence ne vient que par l'effort constant, la pratique et de manière progressive.

Bhargav - Alors dites-moi le chemin, Seigneur.

Gautam sage - Fils, ton ambition se reflète clairement dans la personnalité. Vous adorez le seigneur Shiv pour le recevoir comme maître. Bhargav a dit comme vous l'aviez commandé.

Gautam sage - Si Lord Shiv est satisfait, alors il réussira sûrement. Il est très miséricordieux envers ses fidèles. Vous allez dans son refuge.

Bhargav- Maître, vous m'avez adopté et vous m'avez guidé. Vous acceptez mes salutations.

Bhargav s'éloigne du maître en le saluant aux pieds.

Après avoir quitté l'ermitage de Gautam sage, Bhargav se dirige vers l'Himalaya. Après plusieurs mois de voyage inaccessible, il atteint l'intérieur de l'Himalaya. Puis, dans un endroit isolé, il adorait Lord Shiv.

L'endroit était très pittoresque et calme. De hautes collines de neige, des vignes vertes sur la terre et l'eau des cascades qui coulent dans les vallées, comme si seule la vraie nature y résidait. L'atmosphère de l'Himalaya était remplie d'énergie spirituelle en raison de la pénitence des sages.

Bhargav s'est engagé dans la pénitence de Shiv. Il n'avait qu'un seul objectif, atteindre Lord Shiv en tant que maître. Afin de réaliser son désir, le fils de Bhrigu a été inspiré pour tout offrir. Sa passion était constante et augmentait de jour en jour. Les mois passaient, les saisons changeaient, mais la volonté de Bhargav était inébranlable. En faisant pénitence, la patience grandissait également en lui. De nombreuses années se sont écoulées, mais la pénitence de Bhargav n'était pas terminée. Il n'a rien accepté de moins que de recevoir son objectif souhaité et Shiv comme maître.

Enfin, un jour, Shiv est apparu devant lui et a dit - Réveillez-vous le fils de Bhrigu, dès que ce mot a fait écho à l'audience de Bhargav, sa conscience est devenue extérieure.

Voyant Lord Shiv devant, les yeux de Bhargav explosèrent dans ses yeux, sa gorge était fendue. Puis les mains jointes et s'inclina devant Shiv et dit - Seigneur, je suis béni; tu m'as donné une immense grâce. Vous êtes un océan de miséricorde. Acceptez mes salutations

Shiv - Puisses-tu aller bien. Dans cet univers, personne n'adore en vain, mon cher. Je suis également lié par les règles de l'Univers.

Bhargav - Seigneur, emmène-moi dans ton abri.

Shiv - Votre intention ne m'est pas cachée. Je t'accepte comme disciple.

Bhargav- Je n'ai pas de mots. Veuillez me bénir et faire don de connaissances.

Shiv a dit - Bhrigu fils, ton corps est devenu délabré par une pénitence difficile, alors pendant un certain temps avec du karma de yoga restreint, prépare ton corps et ton esprit à en prendre connaissance. Votre commande est irrévocable, seigneur - a déclaré Bhargav.

Après quelques jours, Shiv se rend à nouveau à Bhargav. Shiv a dit - Cher, dites-moi votre intention. Je sais que vous avez reçu votre éducation primaire d'Angi sage. Bhargav a dit: Oui, Seigneur, mais s'il vous plaît, apprenez-moi la connaissance de la revitalisation.

[Remarque: la science ou la connaissance de la revitalisation a pu rendre vivant un mort]

Shiv-Bhargav, Revitalization Knowledge, n'est pas une connaissance ordinaire; dans ce mantra Mahamrityunjaya doit être prouvé. Sa pratique est très dure.

Bhargav- Maître, je suis prêt à faire la pratique spirituelle la plus difficile et à suivre vos ordres.

Shiv - Depuis le tout début de l'Univers, le dieu de la Trinité (Brahma, Vishnu, Shiv) a été chargé de ses responsabilités, nous sommes complémentaires les uns des autres.

Brahma Dieu a obtenu la création de l'Univers, l'observance de Dieu Vishnu et j'ai obtenu le travail de destruction de l'univers. Malgré les différentes tâches, nous travaillons tous les trois ensemble et ne nous obstruons pas mutuellement.

Cher, je vous dis cela parce que différentes puissances divines peuvent être trouvées, mais elles ont beaucoup de responsabilités. L'abus des pouvoirs divins peut également nuire à la société. Le mantra de base des pouvoirs divins est de protéger la religion et l'humanité.

Bhargav a dit - Seigneur, votre déclaration est absolument vraie. Shiv a de nouveau dit: Si une personne abuse des pouvoirs, alors d'autres pouvoirs surgissent automatiquement dans l'univers et la chute de l'agresseur est certaine.

Bhargav- Seigneur, votre connaissance est indestructible pour moi. Je prendrai votre connaissance ésotérique; la connaissance des mystères du secret m'est incomparable. Shiv a dit - Maintenant, je vous dis le moyen de prouver le mantra Mahamrityunjaya, écoutez avec dévouement et dévouement.

Mahamrityunjaya Mantra

ॐ हौं जूं सः ॐ भूर्भुवः स्वः ॐ त्र्यम्बकं यजामहे सुगन्धिं पुष्टिवर्धनम् उर्वारुकमिव बन्धनान् मृत्योर्मुक्षीय मामृतात् ॐ स्वः भुवः भूः ॐ सः जूं हौं ॐ ॥

Signification de Maha Mrityunjaya Mantra

Nous adorons le Shiv à trois yeux, le disciple du monde entier. Lord Shiv, qui répand le parfum dans le monde, nous libère de la mort et non du salut. En élaborant le sens de ce mantra, nous adorons Lord Shiv, qui a trois yeux, qui exerce la vitalité dans chaque souffle, qui nourrit le monde entier avec sa puissance; nous le prions. Qu'ils nous libèrent des entraves de la mort, afin que le salut puisse être atteint. Tout comme un concombre après avoir mûri dans sa vigne, est libéré de l'esclavage de ce monde semblable à la vigne, de même, nous sommes aussi libres des liens de naissance et de mort pour toujours après avoir été pris dans ce monde semblable à la vigne. Et en méditant sur vos pieds, renoncez au corps et engloutissez-vous.

Shiv a dit - Maintenant, écoutez la méthode de prouver, tout en chantant ce mantra, un million et quart de sacrifices (125000) doivent être offerts dans le yajna (Offrir des prières à Dieu devant le feu). Ensuite, il sera considéré comme "un sacrifice cible", et 1008 de ces sacrifices cibles devront être offerts dans le yajna. Mais gardez à l'esprit qu'un sacrifice cible doit être accompli à un moment donné, s'il y a une perturbation, alors ce "sacrifice cible" sera considéré comme incomplet. Bhargav a dit - Seigneur, je ferai le rituel de prouver le mantra, avec ta méthode.

Shiv a de nouveau dit - Bhrigu fils, choisissez un endroit à proximité, où la pluie et le vent, etc. ne pourraient pas perturber les rituels. Ensuite, avec la méthode que j'ai donnée, prouvez le mantra et gardez votre patience. Bien pour vous.

Bhargav prend les ordres de Shiv et commence le yajna (culte) dans un endroit approprié. Il était plein de confiance, sa concentration était enchanteresse.

La pratique du fils Bhrigu était extrêmement difficile. Les mois passaient, les saisons changeaient, mais la patience de Bhargav était inchangée. Il a obtenu des connaissances de Shiv. Il était complètement dans la foi de Shiv. Après plusieurs mois de rituels et de pratiques difficiles, un jour, Shiv est venu à Bhargav et a dit: «Réveille-toi cher». En voyant le seigneur Shiv devant, il y avait un sentiment de bonheur dans l'être intérieur de Bhargav.

Bhargav a dit: Lord Shiv devrait accepter le salut de l'esclave. Shiv l'a béni et a dit - Fils Bhrigu, ta patience est élevée comme l'Himalaya et la passion est aussi solide que l'oiseau Chukar. Bhargav tombe aux pieds du seigneur Shiv. Shiv le souleva et tourna joyeusement sa main sur la tête de Bhargav. Bhargav a connu une grande paix par le toucher doux du seigneur Shiv. Pendant un certain temps, Bhargav était dans un état confus, des larmes coulaient de ses yeux.

Voyant la situation de Bhargav, Shiv a dit - Calmez-vous. Vivez le présent.

Votre désir est complet. Vous pouvez maintenant utiliser les techniques de revitalisation.

Bhargav - Dieu, ma vie est bénie. Tu as du bonheur à ce serviteur. Shiv-Maintenant, déplacez-vous dans votre ville. N'oublie jamais une chose de moi, fils. Commandement Dieu (dit Bhargav). Shiv a dit - Utilisez cette connaissance de revitalisation uniquement pour protéger le bien-être public et la religion. Si vous abusez de mes connaissances, votre chute est certaine.

Bhargav - Je me souviendrai toujours de tes paroles et de tes ordres. Commandez-moi maintenant. Il s'inclina devant Lord Shiv, puis se rendit dans sa ville.

Chapter 2

Maître Demon

Shukracharya était dans un état méditatif. Puis soudain, il a commencé à penser, pourquoi ai-je de mauvais augure? Shukracharya se leva de sa pénitence et vint à l'ermitage de sa mère (Khyati). Mère était allongée dans un état mort, Shukracharya s'est mise en colère.

Qui a fait cela? (Shukracharya a demandé) Vishnu - (Un démon a répondu) Shukracharya a dit - Vishnu, Mais pourquoi?

Démon - Ta mère a donné refuge à des démons dans sa hutte. Ils avaient l'habitude de commettre des crimes de dieux et de se cacher dans la hutte. Vishnu est venu ici à la recherche des démons, puis a demandé à votre mère de retirer les démons de la hutte. Lorsque votre mère n'a pas écouté Vishnu, alors Vishnu a mis fin à votre mère ainsi qu'à la vie de tous les démons avec le Chakra Sudarshan (arme de Dieu Vishnu). Il n'y avait aucune limite à la colère de Shukracharya.

Shukracharya - Est-ce un crime de donner un abri à quelqu'un? Ce Vishnu est un truc, ne favorise que les dieux. Les deux démons de Dieu sont les enfants de Dieu Brahma. Ma mère était innocente; Vishnu n'a pas bien fait. Je vais me venger du meurtre de maman. Moi, le fils de Bhrigu Shukracharya, prête serment à partir d'aujourd'hui, que je donnerai toute ma pénitence et mon apprentissage aux démons. Je vais les rendre plus puissants. Je guiderai les démons et obtiendrai leurs vrais droits. Lorsque le roi démon Vrishaparva a appris cela, il est venu à son ermitage pour rencontrer Shukracharya.

Serviteur (de Shukracharya) - Maître, le roi Vrishaparva visite l'ermitage. Shukracharya - Amenez-le dans la pièce avec respect.

Vrishaparva- Je salue Bhargav Shukracharya. Bénédictions: (dit Shukracharya)

Vrishaparva - Je suis profondément attristé par vous. Vishnu nous a trompé et nous a arraché la mère (Khyati). Ordonne à ce serviteur, que je puisse prendre ta vengeance des dieux. Toi, guide-nous, Seigneur.

Shukracharya- King, je comprends vos sentiments, j'ai décidé quelque chose. Dis au Seigneur, (dit Vrishaparva) Shukracharya a dit encore - Je veux consacrer mes connaissances et mon apprentissage aux démons.

Vrishaparva - Sage, vous guidez les démons, ce qui sera de plus en plus chanceux. Les démons ne manquent pas de force, mais les démons sont emportés par leur force et sont vaincus par la tromperie des dieux.

Shukracharya - Je sais. Outre leur force, les démons ont également besoin d'intelligence et de tact. Il faut être patient dans certaines circonstances. Les démons doivent être prévenants et contrôler de temps en temps.

Vrishaparva a dit - Vous dites la vérité Bhargav. J'ai connaissance de nombreuses luttes Dieu-Démon du passé, moi, Shukracharya a dit - Je guiderai les démons et obtiendrai leurs droits, c'est mon serment.

Vrishaparva - Nous sommes devenus reconnaissants Seigneur, à partir d'aujourd'hui, je vais t'embellir avec le statut d'un monstre. Acceptez le salut du serviteur. Puisse votre bien-être bénir Shukracharya.

Le roi Vrishaparva a atteint son royaume avec un cœur heureux, il avait l'impression d'avoir reçu les fruits d'années de pénitence. Vrishaparva a informé ses ministres et a ordonné au

Conseil des ministres d'assister à la réunion. Lors de la réunion du Conseil des ministres, la réunion a été reprise par les acclamations du roi Vrishaparva. Puis Vrishaparva a dit - Aujourd'hui, je vais vous donner de bonnes nouvelles. Dites vite, roi - les ministres ont dit.

Vrishaparva - Le grand sage, Bhargav Shukracharya, sera désormais le maître des démons. Le secrétaire a dit: King, comment tout cela s'est-il produit soudainement? C'est une très bonne nouvelle. Il n'y a pas de limite à la force des démons, mais jusqu'à présent, nous, les démons, manquions de conseils appropriés. Vrishaparva ré-adressée - Votre déclaration est tout à fait vraie, mais elle ne se produira pas maintenant. Avec la force des démons et la sagesse du maître Shukracharya, nous devons vaincre les dieux et établir notre suprématie sur le ciel. Héros démoniaques, unissez-vous, un avenir radieux nous attend. Après quelques jours, le roi Vrishaparva se rend à nouveau à l'ermitage de Bhargav Shukracharya. Il a salué Bhargav et a dit - Maître, au Conseil des ministres, je vous ai déclaré maître des démons. Une vague d'enthousiasme a couru parmi tous les démons, tout comme ils ont trouvé la puissance perdue. Shukracharya a dit - Roi démon, votre décision est justifiée, mais dans une excitation extrême, nous n'avons rien à faire qui puisse causer des dommages. Vrishaparva a été un peu gêné, puis il a dit - Vous dites la vérité, Bhargav, les dieux ont toujours profité de nos erreurs. Alors, quel est le commandement pour nous, prêtre?

Après avoir réfléchi pendant un certain temps, Shukracharya a dit à Vrishaparva-King, vous rassemblez votre pouvoir, organisez l'armée démoniaque et augmentez le stock de matériel et d'armes de l'armée. Vrishaparva était d'accord avec Shukracharya et a déclaré: Votre consultation est appropriée. Shukracharya a avancé son argument - Démon. Shukracharya a dit - D'accord, rassemblez maintenant l'armée et organisez un grand exercice. Pourquoi maître - Vrishaparva a demandé avec surprise.

Shukracharya a dit à Vrishaparva - Grâce à des manœuvres, nous apprenons à connaître nos faiblesses. Ma politique de guerre dit: attaquez l'ennemi vous-même, cela s'appelle aussi une politique agressive.

Vrishaparva- Bien sûr, vous dites amèrement, selon vos conseils, je passerai la commande et organiserai une manœuvre intensive. Mais j'ai une demande, Sage. N'hésitez pas à dire Roi - dit Shukracharya. Si vous serez présent dans les exercices des Démons, nous serons heureux.

Shukracharya - Heureusement, je continuerai à regarder toutes les préparations entre les deux. Les démons vous seront toujours reconnaissants - a dit Vrishaparva en s'inclinant devant Shukracharya. Shukracharya a béni Vrishaparva.

Chapitre 3

Tactique

Les Démons ont effectué une manœuvre réussie sous la direction du roi Vrishaparva et sous la direction du maître Shukracharya. L'enthousiasme de tous les héros Démon a augmenté. Shukracharya était satisfait de la valeur et de la performance des démons. Le roi Vrishaparva a dit à Shukracharya - Maître, par votre commandement, les démons ont terminé les manœuvres, maintenant quel sera notre prochain objectif?

Shukracharya (dans une posture sérieuse) - Nous n'attaquerons pas directement le ciel. Vrishaparva a dit avec surprise - je n'ai pas compris votre intention, maître. Roi, nous établirons d'abord notre pouvoir sur les êtres humains - a dit Shukracharya à Vrishaparva. Vrishaparva a dit - Mais maître, notre haine vient directement des dieux.

Shukracharya - Le paradis est notre objectif, mais en conquérant les êtres humains, le message de notre pouvoir ira loin. Avant la victoire effective sur l'ennemi, il devrait avoir peur. Vrishaparva a dit - O Sage, je n'ai pas encore compris ton intention. Shukracharya a dit: Écoutez, Roi, la stratégie de guerre dit qu'avant la guerre, une victoire psychologique devrait être atteinte contre l'ennemi. Mais comment cela sera possible - a demandé Vrishaparva

Shukracharya - Avant le ciel, la nouvelle de notre victoire sur d'autres mondes atteindra sûrement les dieux. Ce sera une victoire psychologique sur eux. Vos connaissances et votre expérience sont excellentes, a déclaré Maître Vrishaparva. Shukracharya a de nouveau déclaré - En temps de guerre, la partie gagne principalement, ce qui, psychologiquement, établit son influence.

Sur les ordres du maître Shukracharya, les démons ont attaqué l'humanité (Terre). En quelques jours, une énorme armée de démons a établi la suzeraineté sur l'humanité et a tué les rois qui n'ont pas accepté leur suzeraineté. De cette façon, les démons ont tissé la gloire de leur pleine propriété sur les humains.

Lorsque la nouvelle de cette affaire parvint à l'Indr (Dieu de la pluie) par les espions, une peur se répandit parmi les dieux. Indr, le roi des dieux, a organisé l'assemblée et consulté tous les dieux. Indrdev a dit - Dieux, les démons ont conquis l'humanité. Comme l'ont dit nos détectives, la prochaine cible des démons est le paradis. Que devons-nous faire maintenant? Agnidev, dis-moi.

Agnidev a déclaré: Je pense que nous devons être vigilants et revoir nos préparatifs. Vous avez raison, a déclaré Agnidev - Indr.

Je veux avoir quelques réflexions - a déclaré Pawandev (le seigneur des vents). Indr- Certainement, Pawandev. Tout d'abord, nous devons en informer le maître de Dieu Brahaspati et le consulter.

Je suis d'accord avec vous - a déclaré Indr. Suryadev, quelle est votre opinion? - Indr a demandé

Suryadev (Dieu du Soleil) a dit - À mon avis, les démons devraient être arrêtés dans le monde humain et ils devraient être attaqués avec des armes.

Indrdev - N'oubliez pas que les démons et les pouvoirs extraordinaires sont également avec les démons. Attendrons-nous donc l'attaque du ciel? – Suryadev a dit. La voix de Suryadev était féroce, car il voulait tuer les démons avec sa chaleur. Indrdev- Non, jamais, nous devons essayer de nous protéger. Après un moment de silence...

Indrdev a dit encore - la crainte est que maintenant les démons soient guidés par Bhargav Shukracharya lui-même. Il n'y a pas de fin à ses pouvoirs.

Agnidev (Dieu du feu) - Shiv lui-même, lui a conféré la connaissance de la revitalisation, et dans la guerre de l'humanité, Shukracharya a ravivé les démons morts. Indrdev- Alors, comment allons-nous conquérir ces démons? Il y avait un aperçu de la peur dans la voix d'Indrdev.

Varunadeva (Dieu de l'eau) - Devaraj (Rois de Dieu); il me semble que maintenant seul Dieu maître Brihaspati peut nous guider. C'est approprié - a déclaré Indrdev. Tous les dieux vont maîtriser Brihaspati et décrivent la bataille des démons sur l'humanité. Indrdev a annoncé la nouvelle de l'aide des démons, par Bhargav Shukracharya. En entendant cela, le maître de Dieu Brihaspati a déclaré - Les démons ont toujours voulu dominer les cieux, mais Bhargav Shukracharya est maintenant devenu le maître des démons, c'est sans espoir.

Lorsqu'une personne instruite et instruite soutient l'injustice, cela est définitivement nocif pour l'univers. Bhargav Shukracharya est mon camarade de classe; il est propriétaire de nombreux pouvoirs mystérieux. Shukracharya a écrit une Écriture appelée Shukraneeti; nombre de ses politiques sont exemplaires.

Indrdev- Pour cette raison, tous nos dieux sont également méfiants, Dieu maître. Brihaspati a dit - King a raison de s'inquiéter pour vous, Bhargav avait fait plaisir à Lord Shiv lui-même avec sa pénitence.

Indrdev- Oui, nous n'avons pas d'autre choix que la connaissance de revitalisation donnée par Lord Shiv. Nous ne pouvons pas non plus nuire aux démons. Brihaspati a dit - la solution à ce problème, nous devons la trouver et nous devons penser à un plan. Tout le monde discute de la solution à ce problème. Indrdev a dit - Votre suggestion est appropriée, Dieu maître.

Pendant un certain temps, les discussions ont été intenses, les Devas ont fait valoir leurs arguments. Certains ont consulté Lord Shiv et certains ont demandé à Lord Brahma ou Vishnu de demander de l'aide. Certains dieux ont conclu qu'une forte attaque devrait être lancée contre les démons, mais tout le monde ne pouvait pas s'entendre là-dessus. Indr a alors dit - j'ai une question en tête. Brihaspati a dit - Certainement, roi.

Indrdev - Comment obtenir la technique de revitalisation? Dans ce monde, il n'y a que deux sources de technique de revitalisation, l'une est Lord Shiv et l'autre est Bhargav Shukracharya - répondit le maître de Dieu Brihaspati. La dure austérité de Lord Shiv n'est pas facile pour les dieux, et pourquoi Shukracharya donnerait-elle cette connaissance aux dieux?

Indrdev - Votre déclaration est vraie, Bhargav Shukracharya nous considère comme des ennemis. Mais (Indr se tait). Quel roi? Demanda Brihaspati, le maître de Dieu.

Indrdev - Je veux dire, n'y a-t-il aucune option pour obtenir des connaissances en revitalisation maintenant? Si le commandement est là, je veux avoir quelques réflexions, a déclaré Pawandev. Brihaspati a donné son approbation. Puis Pawandev a dit: Bhargav Shukracharya ne nous donnera pas de connaissances sur la revitalisation, mais si une personne fidèle de notre côté se présente comme disciple, alors Shukracharya ne refusera pas. Indrdev- Qui? Sur quoi le maître Monster va croire? Brihaspati a ensuite dit sa parole - Pawandev, votre proposition est parfaite. Un maître ne rejette pas ceux qui demandent une éducation. Mais la question est là; pouvons-nous envoyer quelqu'un comme disciple à Bhargav Shukracharya? –Indrdev a dit.

Puis Agnidev s'est levé de son siège, il semblait avoir trouvé une solution au problème. Agnidev a dit - Dieu maître prendra la décision finale, mais que pensez-vous de Kach, fils de maître de Dieu? Kach est encore jeune, calme et obéissant.

Indrdev - Mais, Kach n'est pas encore familier avec la tromperie des démons, il y a une crise de sa vie. Agnidev répondit - Nous enverrons Kach comme étudiant à l'ermitage de Shukracharya, pas aux démons. Une fois, si Bhargav a accepté Kach comme disciple, alors le démon ne peut pas nuire à Kach.

Brihaspati a déclaré que la consultation d'Agnidev est appropriée. Quoi qu'il en soit, Shukracharya est un disciple de mon père Angi sage. Bhargav Shukracharya ne décevra pas Kach même avec cette relation. Mais Dieu maître, je suis toujours inquiet pour la sécurité de Kach - Indrdev dit d'un ton triste. Brihaspati a dit - Roi, nous n'avons pas d'autre choix.

De cette façon, le maître de Dieu a accepté d'envoyer Kach à Bhargav Shukracharya. Dieu maître a ordonné que son fils soit appelé à l'assemblée. Après un certain temps, Kach a assisté à la réunion. Kach se prosterna devant son père et les dieux. Brihaspati a dit à Kach- Son, aujourd'hui vous avez été appelé pour un travail spécial. Kach- père de commande.

Brihaspati- Fils, nous avons tous décidé que vous iriez en tant que disciple à Bhargav Shukracharya, mais votre objectif est d'acquérir les connaissances de revitalisation.

Kach- Mais, Bhargav Shukracharya va-t-il instinctivement transmettre cette éducation?

Brihaspati - Pas de fils, jamais. Vous devez vous prouver comme un vrai disciple obéissant. Kach a dit - Père, je vais faire ce travail avec sincérité.

Alors King a dit - seulement cela ne suffira pas, mon cher. Vous devez trouver Devayani, la fille de Shukracharya, dans votre piège d'amour. Mais comment cela serait possible - demanda Kach avec crainte.

Indr a dit - Shukracharya, aime sa fille plus que la vie, si vous réussissez à plaire à Devayani, alors Shukracharya peut vous accorder des connaissances de revitalisation.

Kach-O Dieu du roi, je viens de terminer mes études primaires, je ne suis pas encore au courant de la politique et de l'hostilité. Cependant, dans l'intérêt du ciel, j'irai sûrement en tant que disciple obéissant à Bhargav Shukracharya.

Indrdev - Le ciel vous sera toujours reconnaissant, mais méfiez-vous des démons, ils peuvent vous nuire.

Kach- Je me souviendrai de votre suggestion, King. Je partirai demain matin pour l'ermitage de Bhargav Shukracharya.

Chapitre 4

Dévouement

Serviteur (de Shukracharya) - Seigneur, un jeune garçon est venu à l'ermitage. Dire son nom "Kach" et demander la permission de vous rencontrer.

Shukracharya (réfléchissant) - D'accord, envoie-le. En peu de temps, Kach est venu à Shukracharya et a dit - Sage, accepte mes salutations. Puissiez-vous être glorieux: - Shukracharya béni et dit - Tout d'abord, présentez-vous, mon cher?

Kach - Je suis Kach, petit-fils d'Angi sage et fils du maître de Dieu Brihaspati. Raison de venir ici - demanda Shukracharya.

54

Kach a dit - Sage, je suis venu vers vous dans le but d'apprendre, mais mon éducation élémentaire est terminée. Par conséquent, je souhaite recevoir de votre part une formation complémentaire. Veuillez m'accepter comme disciple.

Shukracharya - Il est du devoir de chaque enseignant d'enseigner. Vous m'avez présenté une pétition, donc je ne vous décevrai pas. Angi sage est mon vénérable maître et Brihaspati est mon camarade de classe. Même avec cette introduction, je ne peux pas vous le nier, mais fils, souviens-toi d'une chose, un disciple ne réussit qu'à servir son maître à l'unanimité et à obéir à tous les commandements du maître.

Maître Kach, je ne vous décevrai jamais par mes actes et je vous obéirai.

Shukracharya - D'accord, vous venez de rentrer d'un voyage, allez vous détendre. Votre éducation commencera à partir de demain. Kach a dit - Maître, vous m'avez accepté comme disciple, je vous en suis reconnaissant, je m'incline devant vous. Ayez un bon bien-être, a déclaré Son - Shukracharya.

Le lendemain, Bhargav Shukracharya a terminé son travail de routine et est arrivé à l'école. Il a invité d'autres disciples à venir. Tous les disciples se prosternèrent devant le maître. Shukracharya a dit - Aujourd'hui, je vais parler de yoga à tout le monde. Le yoga signifie «ajouter», mais son sens large est de relier l'âme résidant ce corps physique au divin. Qu'est-ce qu'une âme - Kach a demandé?

Shukracharya - L'âme fait partie du divin dans ce corps physique, l'âme est impérissable.

Kach - Maître alors, qui appartient au corps?

Shukracharya - Vous êtes un enfant curieux, je suis très heureux. Cher, ce corps est composé de cinq éléments - la terre, l'eau, le feu, le ciel et l'air.

Kach- Maître, vous avez pris conscience du corps physique, mais comment l'âme entre-t-elle dans ce corps?

Shukracharya - Vous avez posé une très belle question, dans le ventre de la mère, lorsque le corps se développe, ce n'est que par inspiration divine que l'âme y pénètre.

Kach- Maître, qu'est-ce que la mort?

Shukracharya - Une fois la vie de la personne terminée, l'âme quitte ce corps et se transfère vers un autre corps. La mort arrive à ce corps physique, mais l'âme ne meurt jamais. L'âme est éternelle et indestructible. L'âme est une partie consciente du divin. Toutes les choses du monde sont périssables. Demain, nous discuterons de cette question plus avant.

Kach - vos connaissances continueront à être acquises de cette façon. Shukracharya a appelé Kach pour lui-même et a dit: Rester en harmonie avec les autres camarades de classe de l'ermitage. Parallèlement aux études, coopèrent également aux travaux de l'ermitage.

Kach- Maître, je vais sûrement faire les travaux de l'ermitage avec une dévotion totale et avoir de l'affection avec mes camarades de classe. Shukracharya a dit avec joie - Sans aucun doute, mon ami Brihaspati, vous a donné les meilleurs rites. Vous allez maintenant prendre un repas. Le maître de commandement-Kach a dit. C'est ainsi qu'a commencé l'éducation du fils de Brihaspati, Kach. Kach suivrait l'éducation avec enthousiasme et, comme un disciple discipliné, suivrait tous les ordres du maître Shukracharya. Par son service, l'affection de Bhargav Shukracharya pour Kach a commencé à augmenter de jour en jour. Plusieurs fois, Shukracharya parlait de son professeur Angi sage, parfois il se souvenait des jours passés avec son camarade de classe Brihaspati. Kach, comme un vrai disciple, recevrait les paroles de la connaissance. Kach voulait gagner la confiance du maître Shukracharya, mais il n'avait aucune sorte de tromperie. Il voulait recevoir des connaissances de Shukracharya avec un dévouement total.

Voyant la loyauté et la discipline du fils de Brihaspati, Kach, Bhargav Shukracharya a commencé à lui enseigner les armes. Kach a commencé à accepter les enseignements avec une pratique complète. Puis un jour, la fille de Sage Devyani est venue à l'école et a dit - Père, du bois sec est nécessaire pour l'ermitage. Veuillez le gérer.

Shukracharya a appelé Devayani près et a dit: «Venez, ma fille, je vais vous présenter mon disciple, le fils de Brihaspati, Kach. Ceci est mon cher et obéissant disciple.

Devyani était encore dans sa jeunesse, mais la discussion sur sa beauté s'est répandue partout. Devyani a salué Kach et Kach l'a également saluée. Les deux se regardèrent et se tournèrent à nouveau vers Shukracharya. Puis Shukracharya a dit - Kach, vous apportez du bois sec de la forêt et le donnez à Devayani. Ok maître, dit Kach.

Shukracharya a dit: Devayani, pour les travaux de l'ermitage, aide Kach. Je suis convaincu que Kach accomplira le travail de l'Hermitage avec une entière dévotion. Ok père - Devyani secoua la tête et dit.

Après une secousse, Kach a apporté du bois sec de la forêt. Devayani a remercié Kach. Kach a dit - Pas besoin, fille Sage. Faire n'importe quel travail de l'ermitage est le devoir de l'étudiant. En réponse, Devyani n'a rien dit, elle est partie avec un sourire.

Chapitre 5

Amour Infini

Dès la première vue de Kach, les vagues de la jeunesse ont commencé à trembler dans l'esprit de Devyani. Même si Kach était très beau, sa physique était également bonne. La nature douce de Kach était la plus grande attraction. Bien sûr, Devayani était attirée par Kach, dans son esprit. Elle se souvenait encore et encore de Kach. Il y avait une aura de bonheur sur le visage de la fille de Sage, mais avec hésitation, Devayani n'a pas permis à ce sujet d'apparaître. Après un certain temps, Devayani est devenu aussi confortable qu'avant.

Mais, Devayani cherche maintenant une excuse pour rencontrer Kach. Parfois pour l'ermitage, les fleurs, le bois et parfois sous prétexte d'autre chose, Devayani appelait Kach et passait du temps avec lui. Peu à peu, l'attraction vers Kach s'est assombrie en amour. Kach a également compris les signes de Devyani, mais elle était inquiète de son objectif. Mais, en raison des conseils donnés par les dieux, il ferait volontiers n'importe quel travail de Devayani.

Petit à petit, le temps passait; Kach et Devayani étaient entrés dans leur jeunesse. Devyani était maintenant une jeune femme; sa jeunesse grandissait, de jour en jour. La beauté de Devyani attirait Kach. Kach avait aussi l'habitude de prendre des fleurs de la forêt avec

Devyani et de parler de connaissances et de science. Mais, il se souviendra toujours du travail prévu raconté par les dieux. Kach était très prudent; il ne voulait pas tomber amoureux de Devayani.

En revanche, l'amour de Devyani était profond et pur. Elle aimait vraiment Kach avec son esprit, ses paroles et ses actes. Devayani attendait le bon moment pour exprimer son amour. Ici, Bhargav Shukracharya croyait en Kach et était convaincu de la sécurité de Devyani.

Un jour, quand Kach est allé chercher des fleurs pour l'ermitage, Devyani l'a également accompagné. Alors assis à l'ombre d'un banian, dit à Kach- Je veux te demander quelque chose? Quel est le problème, fille Sage - Kach a dit.

Devayani - Vous m'appelez "Devayani".

Kach-No, les camarades de classe de l'ermitage vous appellent fille sage, alors moi?

Devayani - Alors, y a-t-il une différence entre les autres disciples de l'ermitage et le fils de Dieu maître Brihaspati?

Kach - Aux yeux du maître, tous sont égaux.

Devayani - Votre point est juste, aux yeux du père, tous sont égaux, mais je parle de moi. Je n'ai pas compris ce que tu voulais dire, fille de Sage - a dit Kach.

Devyani- Je veux dire que vous êtes un étudiant curieux, passionné et obéissant et que le père lui-même vous loue toujours.

Kach a dit - Maître, mais pourquoi? Riant fort, Devayani a dit - Allez voir votre maître et demandez une queue. Kach a dit - non, je ne suis pas puni. Je ne fais que suivre mon maître avec un cœur sincère et il n'y a rien d'extraordinaire.

Devayani (rempli d'une longue respiration) - Seul mon père peut dire pourquoi vous êtes son meilleur disciple. D'accord, maintenant va à l'ermitage, le maître doit surveiller notre chemin, dit Kach. Devayani (souriant) - D'accord.

Les démons sont devenus furieux quand ils ont appris que Shukracharya avait fait de Kach, fils de Dieu maître Brihaspati, un disciple. Le démon considéré comme un ennemi pour toute personne du ciel. Mais, craignant Bhargav Shukracharya, ne pouvait rien dire. Les démons savaient que la décision de Shukracharya ne pouvait pas être modifiée. Ils sont donc restés calmes pendant un certain temps, mais en raison de la jalousie et de la haine, les démons ont commencé à conspirer pour nuire à Kach. Les démons voulaient abolir Kach. Un jour, les démons ont comploté pour tuer Kach, mais le roi Vrishaparva n'en avait aucune idée. "Kaal", un guerrier des Démons, avec certains de ses compagnons, s'est caché dans la forêt et a attendu Kach. Comme d'habitude, Devyani a demandé à Kach d'apporter des fleurs et Kach s'est dirigé vers la forêt.

Quand, même après deux heures, Kach n'est pas arrivé à l'ermitage, Devayani était inquiète pour lui et elle a dit à Shukracharya - Père, j'avais envoyé

Kach pour ramasser des fleurs, mais même après deux heures, il n'est pas venu. Trouvez-le, s'il vous plaît. Certainement fille - dit Shukracharya.

Shukracharya a envoyé les serviteurs de l'ermitage et quelques disciples dans la forêt pour trouver Kach. Après avoir fouillé, les domestiques sont revenus. Quelles sont les nouvelles - a demandé Shukracharya?

Serviteur - Maître, nous avons fouillé toute la forêt, mais aucune trace de Kach n'a été trouvée. Lorsque Shukracharya a vu avec sa vision divine, il a appris que les démons avaient tué Kach, nourrissant les chiens et les loups. Lorsque Shukracharya a parlé de Kach à Devyani, elle a commencé à pleurer très fort, puis a dit à son père - Kach est allé dans la forêt à ma demande, et je suis donc la raison de sa mort.

Shukracharya - Pas du tout, ma fille. Les démons ont commis des péchés. Je vais sûrement punir ces démons maléfiques.

Devayani- Non père, vous ne reviendrez pas la vie de Kach. Vous êtes capable, je vous le demande, de faire revivre le Kach. Shukracharya ne pouvait pas voir sa fille malheureusement. Lui, a utilisé la Connaissance Sanjeevani et a dit: O disciple Kach, où que vous soyez, soyez présent à moi. Puis un incident surprenant s'est produit, les estomacs des chiens et des loups ont éclaté et Kach est apparu devant Shukracharya. Les disciples de l'ermitage, observant cet incident, sont tombés dans la curiosité.

Les mains jointes, Kach a dit à Shukracharya, maître, que j'avais atteint la mort, mais tu m'as donné une nouvelle vie. Veuillez accepter mes salutations. Bénédictions - a déclaré Shukracharya.

Voyant Kach vivant, Devayani était heureux, comme si une vigne se desséchant obtenait de l'eau, elle redevenait verte. Devayani a remercié son père et est allée dans sa chambre. Shukracharya a appelé Kach pour lui-même et a tourné la tête et a dit - Fils, les démons ont commis un crime avec toi, je vais sûrement les punir, mais toi, sois plus prudent maintenant et ne va pas seul dans la forêt.

Kach- Maître, je suivrai votre suggestion. Après cet incident, Bhargav Shukracharya a compris que sa fille

Devyani aimait beaucoup Kach. Shukracharya était pleinement conscient de la nature de Kach et était satisfait du choix de sa fille. Lorsque les Démons ont reçu la nouvelle de la réanimation de Kach, ils sont devenus très en colère. Cependant, ils ne pouvaient pas trouver le courage de venir à l'ermitage du maître démon Shukracharya. Quelques jours plus tard, Shukracharya est allé au palais du roi Vrishaparva et a dit: Les démons ont-ils été déçus par Shukracharya? (En colère)

Vrishaparva - O Bhargav, (s'inclinant) s'il vous plaît, expliquez la raison de votre colère.

Shukracharya- Ne sois pas si ignorant, roi démon.

Vrishaparva– Maître, je m'excuse, mais dites-moi la raison.

Shukracharya - C'est le courage des démons, qu'ils devraient tuer le disciple de Shukracharya sans aucune raison? Vrishaparva - Pardonnez maître, mais je jure que je n'ai aucune information sur cette conspiration. Je ne pourrai jamais donner un tel ordre, Seigneur. Shukracharya a raconté toute l'histoire de la conspiration des démons.

Le roi démon Vrishaparva a assuré de punir les coupables, puis le maître des monstres Shukracharya s'est calmé et est retourné à son ermitage.

Chapitre 6

Revitalization

Après la conspiration des démons, Devyani est devenu très prudent envers Kach. Maintenant pour le travail de l'ermitage, elle prendrait l'aide d'autres disciples, mais ne laisse pas Kach sortir. Devayani ne voulait pas perdre son amour, car, au moment de la mort de Kach, Devayani souffrait comme un poisson sans eau. C'était le maître Shukracharya qui, même après la mort, pourrait faire revivre Kach. Shukracharya et Lord Shiv connaissaient la science de la revitalisation sur la planète entière.

[Remarque: la technique de revitalisation ou la science a pu faire vivre un mort]

Kach s'était également confiné à l'ermitage. Devayani avait l'habitude de prendre particulièrement soin de Kach, de pratiquer différents sports et de parler de plaisir pour surmonter sa peur. Devyani avait le cœur brisé amoureux. Kach était proche d'elle, mais Devayani n'a pas pu exprimer son amour pour Kach. Ainsi quelques mois passèrent, progressivement dans l'atmosphère de l'ermitage, la peur des Démons diminuait. Après quelques mois de calme, le démon "Kaal" a de nouveau conspiré. Son idée était de détruire complètement le corps de Kach. En raison de quoi Shukracharya ne pourra pas faire revivre Kach.

Un jour, Kach est allé chercher de l'herbe pour les vaches de l'ermitage, mais n'est pas revenu longtemps. Devayani a envoyé les disciples de l'ermitage à la recherche de Kach, mais ils sont tous revenus les mains vides. La gorge de Devyani s'est asséchée par la peur du mal, elle est allée vers son père en larmes et a dit-

Père, il n'y a aucun moyen de souffrir, prends tout remède. Il me semble que les Démons ont encore massacré Kach. Shukracharya a dit - Ma fille, ne t'afflige pas et attends quelques instants. Pendant un certain temps, Shukracharya s'est engagée dans la méditation. Il a appris par sa ténacité que Kach n'est plus en vie.

Shukracharya a dit - J'ai placé Kach dans mon ermitage. Peu importe combien les démons essaient, je ne laisserai pas ces démons réussir. Puis, il a pris de l'eau et a dit - O Brihaspati fils Kach, où que vous soyez, quelle que soit votre forme, comparaissez devant moi. En raison de l'impact de la connaissance Sanjeevani, Kach reprend vie. Puis Shukracharya a demandé à Kachson, comment les démons vous ont-ils tués?

Kach a dit à son maître en lui rendant respectueusement hommage - je suis allé chercher de l'herbe pour les vaches, mais les démons m'ont kidnappé. Puis, m'éloignant de l'ermitage, m'a tué et après avoir consommé mon corps, j'ai mis Ash dans la rivière. Mais, vous êtes super, encore une fois aujourd'hui; tu m'as donné une nouvelle vie. Pour votre faveur, je me tais.

Shukracharya - Puissiez-vous aller bien, mon cher. Mais maintenant je ne peux pas te garder ici longtemps. Votre vie est en danger. Après un certain temps, votre éducation sera terminée. Une fois, je vous remets à un ami Brihaspati, puis je serai détendu, car ces démons n'abandonneront pas leur chasteté.

Kach - Vous avez raison, maître. Je suis d'accord avec toi. Kach avait perdu la raison en raison d'attaques répétées de démons. Kach songeait à rentrer. Kach savait également que le maître Shukracharya ne donnerait pas facilement les connaissances de revitalisation.

Devayani pense toujours à la sécurité de Kach. Un jour, dans une conversation, elle a dit à Kach - Maintenant que ton éducation est presque terminée, tu iras voir ton père. Oui, alors ce qui est spécial à ce sujet - a déclaré Kach.

Devyani a dit - Je veux te demander quelque chose? Kach - ok, demandez. Devayani- Quel type de partenaire de vie voulez-vous? Kach - Je n'y ai pas encore pensé et que se passe-t-il en y réfléchissant?

Devayani- Hé, je demande normalement.
Kach - En ce moment, je dois me concentrer sur l'éducation.

Devayani ne répondit pas et partit de là, mais son sourire en disait long. Kach comprenait ces signes émotionnels, mais il était catégorique sur son but.
Un jour, à l'invitation des Démons, le maître des monstres Shukracharya se

rendit au palais royal. Il y avait un programme pour adorer la divinité des démons. Pendant longtemps, l'esprit de Kach a été perturbé en restant à l'intérieur de l'école. Alors Kach est allé visiter le jardin près de l'école. Certains démons ont vu Kach à l'extérieur de l'ermitage, alors ils ont kidnappé Kach.

Au moment de la prière du soir, Bhargav Shukracharya a atteint l'ermitage, il a demandé aux domestiques d'appeler Kach. Cependant, les serviteurs n'ont pas été trouvés Kach dans l'ermitage. Certains disciples ont dit qu'ils (au moment de l'après-midi) ont vu Kach pour la dernière fois dans un jardin de fleurs à l'extérieur de l'ermitage. Shukracharya a envoyé les serviteurs autour de l'ermitage pour trouver Kach, mais après un certain temps, ils sont revenus déçus. Lorsque Devayani a appris la disparition de Kach, elle a été dupe. Grâce aux efforts de Shukracharya, la conscience de Devyani est revenue et elle a commencé à pleurer bruyamment.

Bhargav Shukracharya invoqua Kach avec le pouvoir de la ténacité, puis il entendit le son de Kach de son estomac. Kach a dit - Seigneur, à votre connaissance, mon pouvoir de mémoire est toujours là. Je me trouve dans ton estomac.

Shukracharya - Mais comment avez-vous atteint mon estomac?

Kach - O maître, les démons maléfiques m'ont massacré et ont fait des cendres de mon corps. Après cela, ils ont mélangé ces cendres avec de l'alcool. Ils vous ont proposé de boire cette liqueur. Shukracharya réfléchit. Il a dit Devayani - Cette fois, les démons ont créé une situation de calamité.

Devayani - Dites-moi en détail, père. (Devayani a dit d'une voix inquiète) Shukracharya - Les humbles démons ont tué Kach et fait des cendres de son corps. Ils ont mélangé des cendres avec de l'alcool et m'ont offert cette boisson. Alors maintenant, si je ressuscite Kach avec des connaissances de revitalisation, alors je mourrai. Maintenant, dites-moi, que puis-je faire? C'est une situation très difficile. Les démons ont comploté avec une planification complète. Ils savaient que j'avais fait revivre le Kach deux fois. Par conséquent, ils ont osé cette fois, que même si je veux, je ne peux pas faire revivre le Kach. Maintenant, que vais-je dire à mon ami Brihaspati? La déception de Shukracharya augmentait. Son cœur était rempli de culpabilité. Devayani s'est noyé dans l'océan de chagrin. Les démons ont tué Kach deux fois, mais cette fois, la situation était très terrible. De loin, il n'y avait aucune lueur d'espoir. La vie de Kach était désormais liée à la mort de Shukracharya. Devayani ne pouvait pas demander la vie de Kach au lieu de la mort de son père, car cela aurait mis fin à sa paternité. Devayani aimait Kach, mais il n'y avait aucun lien de parenté. Pour Devayani, son père était le seul mentor. Après être resté silencieux pendant longtemps, Devayani a soudainement dit- Père, sans Kach, je ne peux pas survivre mais je ne te verrai pas mort aussi. Vous êtes un ascète suprême, bien informé et maître des pouvoirs super naturels. Vous devriez prendre une telle mesure que même le Kach devienne vivant et votre vie sera également sauvée.

Shukracharya est entré dans une profonde réflexion, il a médité sur Lord Shiv. Puis soudain, il a reçu un pourboire. Il a fait appel à l'âme de Kach et a dit - O Kach, écoute très attentivement ce que je dis. Je vais vous enseigner les connaissances de revitalisation sous votre forme actuelle (âme). Alors je te ressusciterai, mais je mourrai. Par la suite, vous, en utilisant les connaissances de revitalisation, me faites vivre et suivez votre religion de disciple. En disant cela, Shukracharya a donné à l'âme de Kach une connaissance éprouvée de la revitalisation.

Lorsque Shukracharya a utilisé les connaissances de revitalisation pour rendre Kach vivant, l'estomac de Bhargav Shukracharya a éclaté et Kach est sorti vivant. Mais Shukracharya est mort. Enfin, selon l'ordre du maître, Kach a ressuscité Bhargav Shukracharya, en utilisant les connaissances de revitalisation.

Chapitre 7

Cursed

Voyant père et Kach vivants, Devayani était très heureux. Kach se prosterna devant son maître et Shukracharya bénit Kach de son cœur. Shukracharya a dit à Kach- Vous avez suivi la religion d'un disciple idéal, je suis très content de vous.

Kach a dit - Maître, vous m'avez donné la vie trois fois, en cela, quelle est ma supériorité? Tu es comme un père pour moi. J'ai la chance d'avoir un maître comme toi. En donnant sa vie, la vie du disciple peut être protégée. Dans cette création, seul un grand maître comme vous peut le faire. Je suivrai votre éducation tout au long de ma vie. Après avoir entendu tant d'humbles paroles de Kach, Shukracharya a dit - Fils, tu as toujours obéi à mes ordres avec un cœur sincère. Maintenant, vous aussi, vous m'avez donné la vie par la connaissance de la revitalisation.

Kach - Maître, qui a donné la vie à qui, c'est bien connu. Je suis un disciple normal et j'ai également reçu la connaissance de la connaissance de revitalisation par votre gentillesse. Devayani écoutait attentivement le Maître-disciple. Connaissant le moment approprié, Devyani a proposé de se marier avec Kach.

Kach a dit - O cher, je m'incline devant ton saint amour, mais maintenant je suis coincé dans la confusion. Quelle confusion? (Devayani a demandé avec une grande surprise)

Kach- Je suis sorti vivant de l'estomac du Maître, alors maintenant le maître Shukracharya est comme mon père et je suis son fils. Avec cette relation, je ne peux pas vous épouser (ma sœur). Il y eut un silence profond pendant quelques instants. Devayani n'était pas en mesure de parler quoi que ce soit. Elle n'a jamais pensé à un tel aboutissement de son amour. L'amour de Devyani pour Kach était sacré. Elle aimait Kach plus que la vie.

Dit encore Kach - je ne me suis jamais mal conduit avec toi. Je n'ai servi mon maître qu'avec un véritable esprit. Mais, mon objectif était d'apprendre la science de la revitalisation. Maintenant, je veux aller chez moi.

Devayani était très contrarié. Elle sentait que Kach avait un truc en tête. Devayani dit avec colère - Vous avez rejeté mon saint amour. Je vous maudis que vous ne pourrez jamais utiliser cette connaissance et vous tomberez dans la vie comme moi.

En entendant parler de Devayani, Kach s'est également mis en colère et a dit à Devayani - tu m'as maudit sans aucune offense. Le mariage est lié à l'acceptation de deux personnes. Si je ne peux pas en raison d'une confusion, quel est mon crime là-dedans? Moi aussi, je vous maudis, que la personne que vous épouserez deviendra erronée et sans caractère. Ensuite, Kach, en obéissant au maître Shukracharya, est allé au ciel.

Devayani se rend compte de son erreur. Elle pensait cela, elle a maudit spontanément Kach. Devyani a commencé à se sentir déprimé en l'absence de Kach. Bhargav Shukracharya était très triste de voir son état. Un jour, Shukracharya a informé le roi Vrishaparva de Devyani.

Vrishaparva a dit - O Bhargav, Devayani est comme une fille pour moi aussi.

Maintenant, c'est le moment de sortir Devyani de son humeur.

Shukracharya a dit - King, tu as raison mais Devayani n'a parlé à personne de la douleur de son esprit.

Vrishaparva- Parfois, j'envoie ma fille Sharmishtha à Devyani.

Shukracharya - Que Dieu, Devayani rencontrent la princesse Sharmishtha et redeviendront normaux.

Vrishaparva-O Sage, une femme peut comprendre la douleur d'une autre femme et peut dire son esprit. J'apprécie votre compréhension, a déclaré Shukracharya. En quelques jours, Devyani et Sharmishtha sont devenus amis. L'état mental de Devyani a commencé à s'améliorer. Un jour, Devayani et Sharmishtha sont allés se baigner dans la rivière avec des amis. Leurs vêtements restaient éparpillés sur le sol en raison du flux d'air fort. Par erreur, Devyani a mis les vêtements de Sharmishtha. À cela, Sharmishtha était en colère et a dit à

Devayani, comment portiez-vous les vêtements d'une princesse?

Devayani a déclaré - En raison du flux du vent, les vêtements avaient bougé ici et là. Je ne l'ai pas fait sciemment, je dis la vérité. Cependant, la colère de Sharmishtha ne s'est pas apaisée.

Sharmishtha a dit - vous n'êtes pas une princesse, vous êtes une fille ordinaire vivant dans l'ermitage. Vous rêvez de devenir une princesse. Par la suite, Sharmishtha a poussé Devayani dans un puits sec et s'est rendue dans son palais.

Le puits n'était pas trop profond, alors Devayani a survécu, mais elle n'a pas pu sortir du puits. Elle a crié fort, demandant de l'aide.

Soit dit en passant, le roi Yayaati allait chasser à partir de là. Entendant l'appel, le roi Yayaati s'est rendu au puits. Il a vu une jeune femme allongée dans un puits.

Devayani a dit - O homme, s'il vous plaît, sortez-moi de ce puits. Yayaati a attrapé la main de Devyani et l'a sortie. Voyant l'apparition de Devyani, Yayaati est devenu enchanté. Devayani était également fasciné par la masculinité du roi Yayaati car il était très beau. En raison de sa timidité, Devyani pose ses yeux sur le sol. Après un certain temps, Yayaati a dit - Qui êtes-vous et comment êtes-vous tombé dans le puits?

Devyani a dit - Je suis Devyani, fille de Bhargav Shukracharya. Je passais par ici et, en raison de trébuchements accidentels, je suis tombé dans le puits.

Présentez-vous s'il-vous-plaît. Devayani n'a pas jugé approprié de parler de l'émission de Sharmishtha à ce moment-là.

Yayaati a dit: je suis Yayaati, fils du roi Nahusha de Pratishthanpur. J'allais chasser par cette route.

Devayani- Je veux vous dire quelque chose. Dites cher, ce que vous voulez dire - demanda Yayaati avec étonnement

Devayani - Vous avez protégé ma vie. Vous me tenant la main, je vous demande de ne jamais quitter ma main. O roi, accepte-moi comme ta femme.

Yayaati était soudainement sans voix à cette proposition. Pendant un certain temps, il s'est mis à réfléchir, mais la beauté incomparable de Devyani l'attirait. Yayaati a dit - O fille Sage, j'accepte votre proposition, mais (Yayaati est devenue silencieuse). Mais ce que King - Devyani a demandé avec surprise.

Yayaati - Si votre père accepte notre relation, je serai heureux. Puis, après avoir pris congé de Devayani, le roi Yayaati est allé dans son royaume Pratishthanpur.

Lorsque Devayani n'a pas atteint l'ermitage pendant très longtemps, Shukracharya y est arrivée avec les domestiques. Voyant l'état de Devayani, Shukracharya a dit - Ma fille, comment as-tu atteint cette condition? Devyani a raconté toute l'histoire et a dit - Je n'irai pas à l'ermitage jusqu'à ce que la princesse Sharmishtha vienne ici en tant que ma servante. Sur le comportement indécent de Sharmishtha, Shukracharya est devenu extrêmement en colère.

Il a envoyé un message au roi Vrishaparva, que si la princesse Sharmishtha n'accepte pas d'être la servante de Devayani, alors j'abdiquerai le poste de maître des démons.

Lorsque le roi Vrishaparva a reçu le message Bhargav, il s'est senti très triste. Le roi Vrishaparva ne voulait pas perdre le maître des monstres Shukracharya. Il a donc convaincu sa fille Sharmishtha de devenir en quelque sorte la servante de Devyani. Sharmishtha réalisait son erreur, considérant son expiation, elle obéissait à son père. Puis Bhargav est venu à l'ermitage avec Shukracharya, Devyani et Sharmishtha. La blessure de Devyani a été réparée et quelques jours plus tard, elle s'est complètement rétablie. Un jour, Devyani était assise avec son père. Puis elle a dit que son père avait les mains jointes - Père, dans cet accident, le roi Yayaati de Pratishthanpur avait protégé ma vie. Par conséquent, j'ai proposé au roi Yayaati de se marier. Veuillez bénir votre approbation.

Shukracharya a dit - Ma fille, je n'ai aucun doute sur tes capacités. Je consulterai certainement le roi Yayaati. Puis Bhargav Shukracharya a envoyé un ambassadeur auprès du roi Yayaati et l'a invité à visiter l'ermitage. Après avoir reçu le message du messager, le roi Yayaati a atteint l'ermitage de Bhargav Shukracharya avec quelques confidents. Les serviteurs de l'ermitage ont bien accueilli le roi Yayaati.

Ensuite, le roi Yayaati est allé à Shukracharya et a dit - Le sage Bhargav Shukracharya accepte mes salutations.

Shukracharya - Bénédictions Roi, je vous suis reconnaissant d'avoir protégé la vie de ma fille. Yayaati a dit - O sage, en quoi est-ce utile? J'ai suivi la religion humaine. Shukracharya - O King, je suis impressionné par votre générosité. Je n'ai aucune objection à la demande en mariage de ma fille et je suis heureuse de son bonheur. Mais:

Yayaati - Que se passe-t-il, sage?

Shukracharya - rend toujours Devayani heureuse, mais si elle n'est pas heureuse, vous devrez affronter ma colère. Le roi Yayaati se calma d'étonnement, puis il dit - O sage, je vais essayer de garder Devayani heureux par toutes les mesures. Par ta grâce, mon royaume ne manque pas. Devayani mènera la vie d'une impératrice et par son geste; les esclaves seront présents pour le service.

Shukracharya - Je suis satisfait de votre assurance, King.

Puis dans l'ermitage de Bhargav Shukracharya, le mariage de Devayani et du roi Yayaati a été célébré. Le roi Yayaati, prenant les ordres de Shukracharya, partit pour son royaume. Sharmishtha est également allé avec Devayani en tant que serviteur.

Chapitre 8

Jeunesse Cadeau

Les informations sur le mariage de Yayaati et Devayani ont atteint le palais par le messager. Il y avait une atmosphère de joie dans l'État de Pratishthanpur. Toute la ville était décorée comme une mariée pour les accueillir. Le palais a été spécialement décoré; diverses fleurs et vignes ont été installées. Des dessins en couleur ont été réalisés à divers endroits, des lampes ont été conservées et des liquides parfumés ont été pulvérisés sur les routes. Divers plats délicieux et des bonbons ont été préparés dans la cuisine d'État. Les batteurs ont également été appelés.

L'administration royale ne voulait pas avoir de défauts pour accueillir son roi et sa reine. Le peuple attendait l'arrivée de son roi.

Le soir, le roi Yayaati, avec sa reine nouveau-née, est entré dans la ville. Là, il a été chaleureusement accueilli. Toute la ville brillait de lumière; le roi et la reine ont été accueillis avec des sandales, des guirlandes de fleurs et des prières dans le palais royal.

Devayani a été submergé par une telle réception; ce fut une expérience surprenante pour elle. Auparavant, elle était la fille d'un sage suprêmement ascétique, mais maintenant, elle est devenue la reine d'un royaume.

Devayani était surprise de son sort, elle ne pensait pas à elle-même, même en rêve. Mais le destin l'a amenée au palais royal de l'ermitage sage.

Dans le palais du roi Yayaati, l'indulgence ne manquait pas. Devyani et Yayaati vivaient la vie avec plaisir.

Sharmishtha a également reçu une belle demeure près du palais de Devyani. Sharmishtha était également une princesse, alors Yayaati a pris toutes les dispositions nécessaires pour son confort.

Au fil du temps, l'animosité de Devyani envers Sharmishtha a pris fin. Sharmishtha était une très belle princesse. Elle regrettait son erreur. Sharmishtha pensait que si elle n'avait pas commis le crime de Devyani, elle aussi jouirait d'une vie heureuse en devenant la reine d'un roi.

Maintenant, disons la loi du destin, ou la malédiction de Kach, un jour Sharmishtha errait dans son jardin, quand elle est restée devant le roi Yayaati.

Pendant un certain temps, Sharmishtha et Yayaati ont continué à se regarder, comme l'oiseau Chukar, en regardant la lune. Puis Sharmishtha a dit - O Roi, dans mon moi intérieur, un amour infini naît vers vous. Il me semble qu'il y a là une divine coïncidence, car une affection naturelle se déverse dans mon cœur vers vous. Je dis la vérité, Votre Altesse.

Yayaati aussi est tombé amoureux de la beauté de Sharmishtha mais il savait que Devyani ne supporterait jamais cette relation et il ferait face à la colère de Bhargav Shukracharya. Par conséquent, il n'a rien dit. Sharmishtha a de nouveau dit - O Gentleman, un roi a le droit d'avoir plus d'un mariage, cela ne dérange pas trop la religion. Je suis aussi une princesse, et si nous avons tous les deux le même sentiment, alors nous devrions nous marier.

Yayaati-O princesse, votre déclaration est vraie, mais les informations sur ce mariage ne devraient rester qu'entre nous.

Sharmishtha - D'accord, roi, je vais honorer votre souhait. Après cela, Yayaati et Sharmishtha se sont mariés le plus secrètement.

Tout dans le palais fonctionnait aussi bien qu'avant. Devayani jouissait avec bonheur du plaisir du palais. Après avoir été séparé de Kach, Devayani se sentait maintenant heureux. D'un autre côté, Bhargav Shukracharya aussi, étant détendu de la fille et guidant correctement les démons. Dans le royaume, personne n'était au courant du mariage de Yayaati et Sharmishtha. Yayaati rencontrait secrètement Sharmishtha. Sharmishtha vivait aussi heureux en épousant le roi Yayaati.

Après un certain temps, Devayani est tombée enceinte. Une atmosphère de bonheur se répand dans le palais. Les habitants de Pratishthanpur attendaient avec impatience leur successeur. Quelques jours plus tard, Devyani a donné naissance à deux beaux princes. Lorsque le roi Yayaati a appris cette nouvelle, il est devenu très heureux.

Yayaati a dit au secrétaire - Merci de faire un don à tous les brahmanes de la ville. De la nourriture et des vêtements devraient être distribués aux pauvres et des dispositions appropriées devraient être prises pour les rites de naissance de mes fils.

Secrétaire - Vous êtes Majesté, lorsque vous commandez.

Selon l'ordre du roi, le secrétaire a fait don d'argent, de vêtements et de vaches aux brahmanes. De la nourriture, des vêtements, etc. ont été distribués aux pauvres. Pour la cérémonie de nomination des princes, des brahmanes savants ont été appelés. Ensuite, les brahmanes ont nommé Yadu et Turvastu aux fils de Yayaati et ont accompli les rites de naissance.

Le roi Yayaati et Devayani étaient très heureux. Mais le destin avait approuvé autre chose. Peu importe la profondeur du mystère, parfois un rideau en surgit.

Après un certain temps, Sharmishtha a donné naissance à trois fils. Ils ont nommé Anu, Druhayu et Puru. Lorsque Devayani a appris que Yayaati était le père des fils de Sharmishtha, elle s'est mise en colère. Devayani a envoyé l'envoyé à l'ermitage pour appeler son père Bhargav Shukracharya. Ici, Yayaati avait une peur non désirée, son esprit est devenu désemparé. Il a donc passé quelque temps à l'extérieur du palais, dans un endroit isolé.

Lorsque Shukracharya a appris la raison du chagrin de Devyani, il a atteint le palais de Yayaati. Shukracharya était très en colère. Il a appelé le roi Yayaati et a dit: O roi sans chemin; vous avez causé à ma fille une douleur immense. Vous, en raison de votre attachement, avez commis ce crime. Alors moi, Bhargav Shukracharya, maudis que tu vieillisses maintenant.

Quand Devayani a vu que son beau mari était devenu un vieil homme, elle était très triste. Le roi Yayaati a perdu ses illusions après avoir vu son sort. Devayani était obsédé par la culpabilité; qu'à cause d'elle, Yayaati a été maudite. Devyani a dit à son père - qu'as-tu fait? Je vous demande de pardonner à mon mari et de le ressusciter de la malédiction.

Shukracharya - Ma fille, ma malédiction est inaltérable. Je ne peux pas le retourner. Devayani - Père, je connais votre ténacité. Vous avez donné vie à Kach trois fois. Il y aura une solution pour que mon mari redevienne jeune. Mes fils sont encore des enfants, qui va s'en occuper? Shukracharya était furieux de la malédiction donnée par la colère. Après avoir gardé le silence pendant un certain temps, Shukracharya a déclaré - Ma fille, il existe une solution qui peut rendre Yayaati jeune. Mais il devra attendre quelques années.

Devyani- Vous, dites-moi la solution, Père, je vais certainement le faire.

Shukracharya - Lorsque vos fils deviennent jeunes, et si l'un d'eux donne volontairement sa jeunesse à Yayaati, alors Yayaati redeviendra jeune. Shukracharya a quitté Devyani.

Il y eut un étrange deuil dans le royaume du roi Yayaati. Sharmishtha la considérait comme une criminelle. L'esprit du roi Yayaati était malheureux en raison du manque de plaisir, de luxe et de jeunesse. Après tout, il était devenu vieux prématurément. Ici, Devayani et Sharmishtha nourrissaient leurs fils. Les cinq princes grandissaient progressivement.

Devayani, Sharmishtha et Yayaati ressentaient le feu de

repentir. Une malédiction lui a enlevé tout le confort et le luxe de sa vie. Lorsque Devayani s'est souvenue de la malédiction de Kach, elle s'est considérée coupable du sort de Yayaati.

Yayaati, Devyani et Sharmishtha expiaient, car dans ce cas, un crime des trois était caché. Après quelques années, les cinq fils du roi Yayaati sont devenus jeunes. Puis Yayaati a dit à son fils aîné - Son Yadu, je veux te demander quelque chose. Yadu a dit - Mais, dites-moi d'abord, puis je déciderai.

Yayaati - fils, peux-tu me donner ta jeunesse pendant quelques années?

Yadu- non père, tu peux demander autre chose, je ne veux pas vieillir prématurément. Par la suite, Yayaati a exhorté ses autres fils, mais personne n'a accepté de donner sa jeunesse.

Enfin, le roi Yayaati est allé voir son plus jeune fils Puru et a dit: Fils, je suis venu vous demander quelque chose avec beaucoup d'espoir. Le Puru s'inclina et dit - Père, tu ordonnes, je le suivrai.

Yayaati - S'il y avait eu une situation pour donner des ordres, j'aurais donné des ordres. Sentez-vous libre de dire, a dit le père, Puru.

Yayaati - fils, peux-tu me donner ta jeunesse pendant quelques années?

Puru- Sûrement, mon père, j'accepterai ta vieillesse en donnant ma jeunesse. Que Dieu vous bénisse, fils - dit Yayaati avec joie.

Puru- Père, si tu avais demandé ma vie aussi, j'aurais volontiers abandonné ma vie. Après tout, un fils tire la vie de son père.

Yayaati - Votre sacrifice et votre paternité sont incomparables, fils. Ensuite, selon la méthode de Bhargav Shukracharya, Puru a donné sa jeunesse à Yayaati et il est devenu vieux. Yayaati a pris une nouvelle vie et vivait une immense félicité. Puis le roi Yayaati a appelé les deux reines (Devayani et Sharmishtha) pour lui. Les deux reines étaient très heureuses de voir la jeunesse de Yayaati. Lorsque Sharmishtha a appris que son fils Puru avait vieilli dans sa jeunesse, elle était pleine de culpabilité.

Quelques jours plus tard, le roi Yayaati a convoqué une réunion des ministres. En voyant leur roi aussi jeune qu'avant, tous les ministres étaient très heureux. Encore une fois, dans l'État de Pratishthanpur, le gouvernement a commencé à fonctionner correctement. Le roi Yayaati travaillait dur pour achever le travail inachevé de l'État sous sa supervision.

Chapitre 9

Internment

Le roi Yayaati passait plus de temps dans le plaisir et le luxe. Il était content de ses belles reines. Yayaati a confié la responsabilité de certaines fonctions de l'État telles que la sécurité, le régime fiscal, le maintien de la paix, les affaires, etc. à ses fils et a gardé les rênes de la magistrature, le conseil des ministres pour lui.

Même après de nombreuses années d'indulgence dans le luxe, les souhaits du roi Yayaati étaient inextinguibles. Un jour, il a dit à Devayani - Cher, réponds à l'un de mes doutes. Que se passe-t-il, a déclaré King-Devyani.

Yayaati - Même après avoir savouré le plaisir du palais pendant tant d'années, pourquoi n'obtiens-je pas satisfaction? Tu es la fille du sage Shukracharya. Détendez mon esprit avec vos connaissances.

Devyani-King, la vérité est que le désir de jouir des choses du monde deviendra plus fort lorsque vous vous adonnerez à ces plaisirs du monde. La vie prendra fin, mais les désirs ne finiront jamais. Alors, n'y a-t-il aucun moyen d'éviter ces attachements? - Yayaati a demandé avec une grande surprise. Roi, ne sois pas si impatient - dit Devayani avec un sourire. Yayaati - Hé mon cher, si tu m'aimes vraiment, alors dis-moi comment sortir de cet attachement. Devayani a dit: King, depuis ma rencontre, ne t'aimait que. Tu es mon mari; Je vais certainement vous montrer le chemin de la connaissance. Vous êtes également propriétaire des connaissances et de la beauté, a déclaré Yayaati.

Devayani-King, seule la dévotion à Dieu peut vous libérer de l'attachement aux plaisirs du monde. Dites-moi en détail - Yayaati a dit à Devayani. Devayani a fait valoir son point de vue - détachez l'intellect des choses du monde, placez-le aux pieds du Seigneur Vishnu. Si vous contemplez la forme quadrilatérale du Seigneur Vishnu, à travers des actes de parole mentale, vous obtiendrez une paix illimitée. Dans ce monde, tout (état, richesse, fils, etc.) est périssable. Seulement que Dieu est indestructible en tout temps, il est éternel.

Yayaati-Devi, vous m'avez dit le but, mais dites aussi le chemin pour atteindre ce but.

Devayani-King, la grâce de Dieu est simple; Il est miséricordieux envers ses fidèles. Les offrandes de dévotion au Seigneur Vishnu ne sont reçues que par le souvenir constant de son nom. Yayaati appréciait la connaissance de Devyani. Il avait trouvé le but de la vie.

Après un certain temps, Yayaati a appelé son plus jeune fils et a dit: Puru, j'ai acquis la connaissance du véritable but de la vie humaine. Maintenant, je veux revenir à votre jeunesse. Père, je serai heureux de votre bonheur, a déclaré Puru avec beaucoup de respect. Par la suite, le roi Yayaati a renvoyé les jeunes à Puru et a vieilli à nouveau. Yayaati a décidé d'aller en forêt pour la méditation. Il a fait de Puru le roi de Pratishthanpur bien qu'il était le plus jeune fils. Puis Yayaati lui a appelé Devyani et Sharmishtha et lui a dit: Mesdames, vous m'avez toutes les deux servi avec un esprit plein. Maintenant, je vais dans la forêt en donnant le royaume et les fils sous votre protection.

Devyani a dit - King, ma vie est liée à votre vie. Sans vous, je ne veux pas l'opulence des palais. Emmenez-moi aussi avec vous.

Sharmishtha a dit - O Seigneur, sans toi ma vie est incomplète. Je vous servirai également dans la forêt et soutiendra votre travail religieux. Je veux aussi aller avec toi. Même après la persuasion de Yayaati, quand Devayani et

Sharmishtha n'ont pas écouté, Yayaati est allé dans la forêt avec ses femmes. Yayaati a réussi à faire une cabane près d'une rivière et a commencé à vivre une pure vie védique dans la forêt. Il se réveillait tôt le matin et terminait sa routine quotidienne. Après cela, a offert l'adoration au Seigneur Vishnu et médite. Il a participé au yajna selon la méthode prescrite. Il a offert des repas aux oiseaux, aux vaches et à d'autres entités vivantes. Le soir, Yayaati participait aux discussions spirituelles des sages. Après quelques années de pratiques védiques, Yayaati s'est détaché des désirs du monde.

…………….*The End*…………

9 798654 820716